© Z4 Editions
ISBN 978-2-490595-13-6

DU COURAGE QU'IL FAUT
POUR OUVRIR SON COEUR

DU COURAGE QU'IL FAUT POUR OUVRIR SON CŒUR

Joseph Phara Mantchilove

CHAPITRE I

Deux ans plus tôt

- Ecoute-moi, mon enfant, cet homme n'est pas pour toi...il va te blesser.
- Ça n'arrivera pas, je peux te le jurer. Criai-je.
- C'est un homme comme les autres, un jour il t'abandonnera. Répondit ma tante Elise en recousant une chemise de couleur rose pourpre, ses lunettes sur le nez. Sur ces mots, j'approchai près de son fauteuil en lui chuchotant à l'oreille :
- Pourquoi dis-tu cela ? c'est un homme bien, il est si gentil avec moi.
- Détrompe-toi, ma fille, tu es amoureuse et je te comprends, mais.......

Elle n'a même pas pu terminer sa phrase, sa voix était un peu étranglée.

- Mais quoi ma tante ? Répondis-je sur un air un peu inquiétant.

Tout en déposant sa main droite sur mon front, elle me regardait et dit :

- Je ne veux pas que l'histoire se répète, ma chérie, cette fois je ne la supporterais pas.
  Tante Elise avait peur qu'il m'abandonne comme mon

père avait fait avec sa sœur Hermione, ma mère.

A mon plus jeune âge, ma mère m'avait peu parlé de mon père. Mais, en grandissant comme toute bonne épouse et mère, elle m'avait raconté que du bien de lui. Elle me disait qu'il était un très bel homme, charmant, ils s'étaient rencontrés au collège où ils sont tombés fous amoureux l'un de l'autre et après quelques années ils se sont mariés. Elle m'avait caché bien des choses jusqu'au jour où j'ai entendu une dispute entre ma mère et ma tante.

- Je t'ai toujours soutenue mais tu ne peux pas rester comme ça, en te lamentant sans arrêt sur ton sort.
- Tu ne comprendras jamais, Elise.
- Tu disais qu'il t'aimait par-dessus tout, mais il ne te méritait pas. Il buvait beaucoup trop.
- Ce n'était pas de sa faute, Marcus venait de perdre son emploi quand je lui ai annoncé ma grossesse.
- Ce n'était pas une raison, il t'avait demandé d'avorter et il n'avait pas hésité à te frapper pour un rien quand tu avais refusé.
- Arrête, je t'en prie.
- C'est à toi d'arrêter de lui trouver des excuses après tout ce qu'il t'a fait. Il est parti avec une autre beaucoup plus jeune que toi, il t'a laissé avec un enfant sur les bras et tu continues d'attendre son retour. Réveilles-toi, Hermione.
- Ce n'est pas à toi de me donner des leçons de morale, grande sœur, ton mari t'avais fait la même chose de loin que je me souvienne.

Tante Elise explosa de colère, elle prononça des

choses blessantes à sa sœur dans le but de la faire comprendre qu'on devait se relever à chaque saut.

- C'est vrai, mais je lui avais demandé le divorce et après je me suis battue et j'avais trouvé un homme bien qui m'a fait don d'une merveilleuse petite fille. Il m'a rendu très heureuse jusqu'à son lit de mort. Mais toi, ma chère sœur, cela fait plus que 16 ans et tu n'as pas bougé d'un pouce.
- Là-dessus tu as raison, je ne suis pas aussi forte que toi.
- Tu es beaucoup plus forte que tu ne peux imaginer, mais un jour il va falloir que tu donnes une explication à ta fille.
- Je sais, mais je ne veux pas qu'elle souffre par ma faute.
- Ecoute-moi, tu es la seule famille qui me reste. Je ne voulais pas te blesser mais il faut que tu ouvres enfin les yeux.
- Tu as raison, je suis désolée.
-

Après le départ de ma tante, je n'avais jamais vu ma mère dans cet état, je lui avais pas posé de question par ce que j'imaginais déjà tout ce qu'elle avait pu endurer pour m'élever toute seule. J'allais avoir 17 ans à l'époque, je ressentais depuis toute petite l'absence de mon père. Ce manque d'amour paternel avait appris à grandir et en arrivant à l'âge adulte je n'avais jamais su comment le combler. Tout cela m'avait rendu méfiante jusqu'au jour où j'ai rencontré James Williams qui avait su comment gagner ma confiance.

J'étais convaincue qu'il était mon prince charmant, l'homme parfait avec qui je devrais passer le reste de ma vie. Mais, au fond de moi, je craignais la morsure de la vérité, tout simplement je n'osais pas l'avouer.

Quelques mois se sont écoulés après ma conversation avec ma tante.

- Bonjour, Flavie ! comment vas-tu ?

C'était la voix de ma cousine Julie. Elle a une taille fine avec de beaux yeux bleus, elle a une allure de reine avec ses mains longues. Elle portait une robe fendue jusqu'au haut de ses genoux de couleur bleu qui reflétait ses yeux.

- Bonjour, Julie ! si tu savais ce qui m'est arrivé ?

Je n'avais même pas encore enlevé ma robe de chambre et d'un geste bref, j'entrainai ma cousine dans la chambre par la taille.

- Raconte-moi, tu sais que tu peux tout me dire.

Elle prononça ces mots tout en me caressant les cheveux avec ses doigts, tout à coup j'ai éclaté en sanglot.

- Si tu savais combien je regrette, Lulu.

C'est le surnom que je donnai à ma cousine depuis que nous étions gamines.

- Dis-moi, Flavie, je ne comprends rien de ce que tu me racontes.
- J'ai rencontré James à l'université où on suivait quelques cours ensemble et vite nous nous sommes aimés. Ma tante m'avait prévenue, mais je ne voulais

10

rien entendre.

- Que s'est-il passé, ma chérie ? tu es dans un état déplorable, il t'a fait du mal ? Dis-moi, Flav.

Nous nous sommes enlacées et toutes les deux nous nous sommes fondues en larmes, comme si Julie avait ressenti ma douleur.

Avec James, je me sentais en sécurité. Il était devenu le père que je n'ai jamais eu et le frère que je rêvais tant. Il avait l'air d'un homme honnête qui n'avait rien à cacher. J'étais tombée amoureuse de lui alors que j'étais encore très jeune.

Je venais tout juste d'arriver de Briston où je venais de terminer mes études de Droit pour être la responsable du département juridique de l'entreprise familiale et arriver à Lowry pour une étude d'architecture. Lowry, une petite ville sans histoire où on se plait un peu plus chaque jour, il fait toujours frais et les habitants sont très gentils. J'adorais regarder le levé du soleil au coin de la mer, marcher les pieds nus sur le sable et surtout je raffolais des chants des rossignols aux aurores. J'étais folle de cette ville dès mon enfance, j'y passais toujours mes vacances et ma mère a décidé que je devais faire mes études d'architecture là bas.

En arrivant chez ma tante, j'étais toute émue par ce que j'allais enfin vivre dans ma ville préférée et retrouver ma chère cousine adorée. J'avais que 24 ans pourtant en me regardant, on voyait une femme mure. Je croyais en la vie, je n'ai pas connu mon père c'est la raison pour laquelle que je n'ai cessé de me battre pour atteindre mes objectifs. James était mon premier amour, il avait compris le vide que j'avais par un manque, il me comblait de bonheur jusqu'au jour où j'ai découvert le vrai visage de l'homme que j'aimais éperdument.

- Flavie, je t'en supplie, dis-moi ce qu'il t'a fait ?
- ……..
- Il t'a frappé ? réponds-moi ?
- Oui, Lulu
- Quoi ? je vais toute suite en parler à mère.

Répondit Julie avec agressivité.

- Il ne m'a pas frappé physiquement.

Chuchotai-je, avec une voix étouffée.

- Il a frappé mon âme, il m'a anéanti.
- Explique-moi, Flav, tu peux me faire confiance.
- Je sais, ma tante ne me le pardonnera jamais, je m'étais éloignée de mes amis et désobéie à ma tante pour rester avec lui.

En prononçant ces mots, des larmes inondaient mon joli visage.

Ma tante avait pressenti que James avait un lourd secret mais elle ne saurait dire ce que s'est. C'était plus difficile pour moi en apprenant que mon précieux petit ami avait déjà une fiancée depuis 3 ans et un fils âgé d'un an. Cette découverte a complètement chamboulé ma vie.

J'ai passé toute la journée dans ma chambre après le départ de Julie pour ses occupations, je ne me suis même pas présentée à mon travail. Que vais-je répondre à mes amis et surtout à ma tante ? Comment vais-je leur annoncer cette atroce vérité ? Toutes ces interrogations sans aucune affirmation. Toutes ces idées valsent dans ma tête et j'arrive plus à réfléchir.

Quelques semaines se sont écoulées, j'esquive chaque jour la conversation avec ma tante. J'allai au bureau tous les jours, enfuis dans mes dossiers pour essayer de faire le point mais rien a changé. La souffrance ne cesse de m'éteindre à l'intérieur à petit feu. Je me suis assise au bord de la fenêtre de ma chambre, en regardant l'horizon je voyais ma vie défilée devant moi.

Je vivais une vie qui n'était pas la mienne, je me sentais à moitié d'existence, je voulais arrêter de penser à lui mais je ne pouvais pas. Il m'a installé dans son monde sans même me prévenir et je m'y suis habituée. Je ne trouvais pas les mots pour exprimer ce que je ressentais réellement, quand je repensais à sa langue froide sur ma peau tiède, je ne savais pas quoi faire de cette sensation. Quand j'étais à ses cotés je me sentais si bien que je me demandais parfois, existerait-il quelque part dans ce monde une personne aussi heureuse que moi ?

Au fond de moi j'avais peur, peur qu'il me brisait le cœur en mille morceaux, peur de ne pas pouvoir être tombée amoureuse une seconde fois. J'aimais la façon qu'il me traitait, il avait fait de moi une princesse. Il apportait la joie dans mon cœur, il avait multiplié ma vie de gaieté et de paix. Il savait comment peindre le cœur d'une femme et il le prenait bien en soin. Il me disait des mots si tendres qu'aucun homme ne m'avait jamais prononcé avant. Il faisait de moi une nouvelle femme, pas n'importe laquelle…une vraie. Je

13

croyais que James était toute ma vie, j'avais confiance en lui, j'étais aveuglée par son amour. Mais il avait fini par me briser le cœur.

Je ne pouvais cesser de penser à toutes les choses merveilleuses qu'on a vécues ensemble. Tout à coup, rien n'avait d'importance à mes yeux y compris ma propre vie, la tristesse m'avait envahi, elle était si intense que la souffrance me rongeait le cœur de toutes ses forces. Je vivais malgré moi car je me sentais perdue, cette vérité me tuait et je me sentais gravement blessée. Je l'aimais de tout mon être, je m'étais livrée à lui tout entier, je le désirais mais c'était impossible. Je l'aimais trop, pendant un instant je croyais que c'était un songe, une plaisanterie immonde, j'avais même souhaité qu'à mon réveil tout redevenait comme avant, mais ce n'était ni l'un ni l'autre, c'était tout simplement la dure réalité.

En ce moment, je ne suis pas sure de ce que je ressentais réellement. Je me posai des questions sur les sentiments que j'éprouvais pour James Williams, heureusement pour moi ma cousine me comprenait et partagea avec moi mes peines et mes frayeurs. C'était seulement Julie et ma meilleure amie Sophia que je n'avais pas repoussé pour mon beau prince.

Il est à peine 16hres, Julie était déjà revenue de son boulot et elle s'est rendue directement dans ma chambre, moi qui profitais de mes tristes vacances annuelles.

- Flav, tu vas mieux maintenant. Je suis passée à la

pâtisserie et je t'ai apporté les bonbons que tu aimes tant.

- Merci, mais j'en veux pas.
- Mais pourquoi ?

Répond Julie d'un ton soucieux.

Je me mettais à pleurer dans l'immédiat, on pouvait lire de la douleur dans mes beaux yeux, par mes hurlements, on comprenait l'intensité de la douleur qui me déchirait les entrailles, c'est comme si la vie s'enfuyait peu à peu en moi. Et, Lulu ne pouvait rien faire pour empêcher cela, elle était aussi triste que moi, elle ne cessait de verser des larmes de désolation.

- Ma chérie, tu ne dois pas te laisser abattre pour cet idiot.
- Je sais, Lulu, mais je me sens affreusement mal.
- Je te comprends, Flav, tu dois l'oublier. Il ne te mérite pas.
- Si c'était aussi facile, je te jure que je le ferais… je le ferais.
- Arrête de pleurer, je t'en prie.
- C'est comme si la douleur me sortait des tripes, Julie. C'est horrible !

En hurlant ces mots, des larmes coulent sur mes joues tel un ruisseau et malgré tout je ne peux m'interdire de l'aimer.

- Tu dois manger quelque chose, ma chérie.
- Tu ne comprends pas, Julie. Je ne veux rien.

Répliquai-je avec arrogance.

- Ne te fâche pas contre moi.
- Ce n'est pas contre toi, ma chérie, je pensais à tout ce que nous avions vécu ensemble et ça me met en rogne.
- Oublie tout ça, Flav, je sais que c'est difficile mais tu dois essayer.
- C'est impossible d'oublier ses baisers, ses caresses. Quand je faisais l'amour avec lui, je le faisais avec toutes les fibres de mon corps......comment je peux oublier tout ça en un instant.
- Bien sûr, mais la vie continue et il y en a beaucoup qui veulent de toi.
- Je sais, mais pas James.
- Maintenant il fait partie de ton passé.
- J'ai peur, Lulu. Que vais-je faire ?

Julie me serre dans ses bras pour me réconforter et profite de me rappeler combien elle m'aimait.

- Nous devons sortir ce soir, qu'en penses-tu ?
Me demanda Julie.

- Je ne crois pas.
- Dis oui, tu dois te changer les idées.
- Bon, d'accord.
Répondis-je avec un sourire coincé.

Malgré la douleur qui me rongeait, je ne peux m'empêcher d'être une femme sublime. Je suis les conseils de ma cousine et j'ai décidé de sortir avec elle.

J'ai mis une jupe bleue grise, un chemisier à demi

16

ouvert qui met ma silhouette en valeur. Mes boucles d'oreilles ressemblent à des perles marocaines qui accordaient avec les couleurs de mes yeux, j'étais très en beauté. Je descendis de ma chambre pour retrouver Julie qui m'attendait déjà dans le hall.

- Wow ! tu es divine ce soir, ma chérie.
- Je t'en remercie.
- Allons-y, sinon on va être en retard.
- On y va.

Nous avons commencé à nous détendre, quand soudain James et sa fiancée ont fait leur apparition dans le bar heureusement aucun de nous ne les ont vus.

- On danse ?

Me suggéra Lulu sur un ton moqueur.

- Arrête, tu sais bien que non.
- Si tu veux. Moi, je suis ici pour m'amuser. Attention les garçons ! j'arrive !

Je la regardais et je la souris.

- Vas-y ; défonce-toi, ma belle.

Quelques heures plus tard, James a remarqué ma présence et s'en approcha.

- Bonsoir, Fla.......

Sans qu'il eût besoin de terminer sa phrase, Julie était déjà près de moi.

- Que veux-tu, salaud ? tu es venu voir si tu as réussi ? et bien non, laisse-la tranquille.

17

- Mais Julie…

Supplia James.

- Ne prononce pas mon nom, tu me fais pitié. Allons-
nous en, Flavia.

Sans se retourner, nous nous en allions. En arrivant chez nous, je remerciai ma cousine pour la tète qu'elle a tenue à James et d'un sourire moqueur Julie me prenait dans ses bras.

- Tu sais que je t'aime, Lulu.
- Je sais mais je t'aime encore plus.

Apres deux bonnes semaines bien détendues, j'avais une humeur un peu acceptable et je continuais à ne pas vouloir accepter le regard de ma tante. Ce matin, je portais un jeans et un t-shirt entre ouvert au niveau des seins et bien maquillée comme si j'allais quelque part. Assise près de la fenêtre de la cuisine en prenant mon thé, j'admirais la beauté du paysage. Perdue dans mes pensées, je respire l'odeur de la rosée du matin.

- Bonjour, mademoiselle.
- Bonjour…

Sursautai-je, en me retournant, je remarquai ma tante dans un veston grisé, avec des talons hauts et une tasse à la main en me dévisageant.

- Ma tante ! tu es ravissante.

Poursuivis-je avec un air étonné.

- Merci…. Dis-moi, jeune fille

18

- Quoi tatie ?

Répondis-je, tout en hésitant.

- Tu veux que je te fasse un discours ou quoi.

Répondit tante Elise sur un ton sévère.

- Je ne sais pas de quoi tu parles, ma tante.

Murmurai-je.

- Oh si, jeune fille. Que t'avais-je dit ?

Riposta ma tante avec une telle fureur.

Je lui ai tourné le dos pour ne pas lui rappeler qu'elle avait raison au sujet de James. Je me sentais effrayée à l'idée d'affronter son regard car c'est la seule vraie conversation que nous ayons depuis ma séparation avec James il y a maintenant quatre mois.

- Je t'avais prévenu, n'est-ce pas ?

Rétorqua ma tante.

- Ne retourne pas le couteau dans la plaie. Je t'en prie, tatie.
- Oui, mademoiselle, il le faut.

Tout à coup, Julie se précipita dans la pièce et supplia tante Elise d'arrêter de me torturer.

- Maman ! elle a compris.
- Non, Lulu ! je lui ai pourtant dit que ce crétin allait la faire souffrir.
- Ça va, j'ai compris la leçon.
- Arrête de pleurer.

Dit Lulu.

Soudain la sonnerie du téléphone interrompt la conversation. Décroché par la femme de maison et le remit précipitamment à tante Elise.

- Oui, allo !
- Bonjour, madame ! vous êtes Elise Laforest ?
- Oui. Puis-je savoir qui vous êtes ?
- Bien sûr, je vous appelle de l'hôpital de Briston.
- De l'hôpital, vous dites ?
- Oui, madame ! votre sœur a fait une chute dans les escaliers et on l'avait conduite ici hier vers les 22hres.
- Dites-moi, elle va bien ?

Sa voix commençait à trembler.

- Je suis navré, madame, elle avait un traumatisme crânien. Je vous assure, on a tout tenté pour la garder en vie mais elle est morte ce matin à 4hres.
- Oh mon Dieu ! non.
- Nos sincères condoléances, au revoir.

Elle a raccroché sans savoir comment va-t-elle m'annoncer cette tragédie. Tante Elise ne cesse de pleurer sans pouvoir expliquer la raison ni à Julie ni à moi.

- Maman, pourquoi pleures-tu ?

Demanda Lulu

- Tatie dis-nous ? tu n'as pas l'air bien.
- Je n'avais qu'elle et vous deux.

Soupira tante Elise

- De qui tu parles, maman ?
- Cet appel vient de Briston.
- De Briston, ma tante

Répondis-je soudainement.

- Oui, ma fille, il s'agit de ta mère.
- Oh non je t'en supplie mon Dieu pas ma mère.
- Maman, raconte-nous ? qu'a-t-elle ?
- C'était un appel de l'hôpital, elle est tombée dans les escaliers.
- Et, ce matin elle va mieux. N'est-ce pas, tatie ?
- Non, mon enfant, elle n'a pas survécu.
- C'est horrible maman, elle était en pleine forme. J'ai parlé avec elle hier.

Nous nous fondions en larmes toutes les trois et personne ne pouvait me calmer. Julie à essayer de me consoler, ça n'a pas marché. Ce que je ressentais était plus qu'une douleur, en me regardant on peut voir le vide qui m'envahit, mais que faire pour apaiser cette souffrance.

- Que vais-je faire ? je n'avais qu'elle oh mon Dieu.

Soupirai-je.

- Tu as moi, Flavie ; je serai toujours là pour toi.

Répondit ma tante.

- Et moi aussi, Flav.

Murmurant Julie.

- La vie est tellement injuste !

Criai-je avec une voix un peu rauque.

- Calme-toi.

Dit Julie tout en pleurant.

Je ne pouvais retenir mes larmes en hurlant ma douleur, une nouvelle blessure venait de s'ajouter aux autres. Elle faisait malheureusement partie de celles qui ne cicatriseraient jamais. On pouvait lire de la tristesse dans mes yeux, je venais de perdre l'homme que j'aimais et à peine quelques mois, ma mère. La douleur ne faisait qu'augmenter ; à présent, en chaque fibre en moi une souffrance crie.

- Je vais appeler quelques connaissances pour la préparation des funérailles.
- D'accord, maman ! je vais emmener Flavia dans sa chambre.

Dans l'après-midi, nous étions sorties ensemble, Julie, elle, part de son côté pour finaliser les détails d'un contrat qui ne pouvait pas attendre et profitait de l'occasion pour informer nos employés que la famille était en deuil. Ma tante et moi, nous nous rendions à une agence pour acheter les billets pour Briston.

- Tatie, nous devrions partir tôt demain. Je veux voir maman une dernière fois.
- D'accord, mon cœur, comme tu voudras.

On a réservé pour demain 6hres 30. Le lendemain, nous nous sommes levées de très tôt pour nous rendre à l'aérogare. Walter, le gérant de la villa était déjà prêt, il s'est réveillé beaucoup plus tôt que nous, avec sa pipe au coin de sa bouche, il commençait à vieillir sur son visage on remarquait déjà quelques rides mais toujours très obstiné au travail.

L'avion décollait a 6h 45, je me posais des questions : Comment avait-elle pu trébucher dans ces maudits escaliers ? Qu'avait-elle ressenti ? Avait-elle beaucoup souffert ? Je ne cessais de penser à ma pauvre mère durant tout le vol et je pleurais. Elle était tout pour moi, elle était le rayon de soleil qui illumine mes journées, ma raison de vivre. Que vais-je faire sans elle ?

En arrivant à Briston, nous remarquions que les amis de tante Elise avaient déjà tout préparé et ne manquaient que nous pour procéder à la cérémonie.

- Sois forte, mon enfant.
Me répéta ma tante en me pressant dans ses bras.

- Je te promets d'essayer.
- Je suis là, tout près de toi, cousine.
- Merci Lulu.

Il ne pleuvait pas des cordes mais le ciel était gris et le temps était sombre comme si la nature sympathisait à mon deuil, je dirais qu'en quelques sortes elle comprenait ma frustration. La cérémonie s'est déroulée comme prévue et nous avons décidé de rentrer aussi vite que nous pouvions.

Quelques semaines après les funérailles, je me sentais toujours aussi vide, je savais qu'il allait falloir vivre avec et accepter la mort de maman, mais l'idée m'en était insupportable. Je ne vais plus en cours, je me rends au bureau malgré moi, ma morale est au plus bas, j'étais une morte vivante.

CHAPITRE II

Deux mois plus tard

Parfois on rêvait d'une vie qui ne serait peut-être jamais la nôtre. On faisait semblant d'ignorer les plaies, après quelques temps les cicatrices nous en rappellent toujours. Et, on finit par se rendre compte qu'il y a des choses qu'on oublie jamais, on arrête juste d'y penser pour que ça fasse moins mal.

La souffrance était inexplicable, les blessures ne s'évaporent jamais. Je vivais l'enfer, je vivais une agonie pire que la mort elle-même. Je n'arrêtais pas de me culpabiliser, je ne me lasserais de dire que j'aurais dû savoir de qui j'étais tombée éperdument amoureuse. Entre la disparition de ma mère et ma rupture avec James, je ruminais les souvenirs atrocement douloureux et je sentais une grande colère qui m'oppressait. J'arrivais plus à dormir, je m'éteignais petit à petit et personne n'était assez fort pour me rallumer. J'étais devenue amère, arrogante, je m'énervais pour un rien et j'étais toujours de mauvaise humeur. Il y avait une indéfinissable expression de tristesse sur mon visage même quand je souris. Julie et ma meilleure amie, Sophia, étaient les seules personnes que je n'arrivais pas à mettre en rogne par mon attitude. Julie était toujours près de moi soit à la maison soit au bureau.

Je voulais oublier ce que je ressentais pour James pourtant les sentiments étaient là, au fond de moi, comme un feu brûlant dans mes entrailles. Je voyais encore le rictus final de ses lèvres, la dernière image reflétée dans ses pupilles. Et tous les conseils que je recevais de Julie ou de Sophie résonnaient à mon oreille tel un tambour d'une antiquité oubliée. Quand je pensais à lui les souvenirs faisaient naitre en moi une douleur insupportable et une rage soudaine s'est emparée de moi. Mon orgueil en avait pris un coup et ma pauvre âme était meurtrie.

Il était 3h du matin quand j'ai frappé à la porte de la chambre de Julie.

- Flav, quelle heure est-il ?
Dit Julie en se frottant les yeux.

- 3 heures, pourquoi ?
- Rien, entre. Tu n'arrives pas à dormir ?
- Pour tout te dire, non.
- Reste avec moi, si tu le souhaites.
- C'est ce que je compte faire.

Je me faufilais sous les couvertures de Julie ; en un instant, le sommeil s'était accaparé de moi. Je me suis réveillée vers les 6 heures pour me préparer pour me rendre à l'entreprise. Quelques minutes plus tard, je prenais ma voiture et fonçait au boulot. La journée se déroulait et chaque seconde ressemble à une éternité, j'en pouvais plus et mon attitude n'avait pas bougé d'un pouce.

- Flavie, j'ai besoin d'un conseil.
Pleurnicha Julie à mon oreille.

26

-   De quoi as-tu besoin ?
Répondis-je d'un ton bref et sec.

-   Tu es de mauvaise humeur, laisse tomber.
Dit Julie en claquant la porte de mon bureau.

J'étais perdue dans mes dossiers et je n'ai même pas relevé la tête pour stopper son départ. Je m'éloignais de tout le monde. Je souffrais du départ prématuré de ma mère et aussi à cause d'un mensonge qui pourrait détruire toute ma vie. Je me suis rendue compte que l'homme que j'aimais n'existait pas, j'étais amoureuse d'un mensonge, d'un mirage et d'une illusion. Mais malgré tout je ressentais une peur, la peur terrible de l'aimer encore et l'innocence détruite jusqu'aux racines.

Mon amour pour lui se mélangeait à la haine, je ne regrettais pas une seule seconde passée auprès de James néanmoins je regrettais de lui avoir permis de rentrer dans mon cœur et dans ma vie parce qu'il s'est évaporé en emportant avec lui mes rêves, mes illusions et le sourire de mes lèvres. Ma mère m'encourageait dans tout ce que j'entreprenais, maintenant je me sentais seule et abandonnée.

J'étais là, comme une imbécile, à pleurer de rage contre la terre entière. Parfois quand je regardais mon téléphone, je m'attendais à ce que James me sonnait mais je n'entendais que le vide et le silence. Le soir, j'avais l'esprit dérisoire de me réveiller et de le trouver couché à coté de moi dans mon lit. Chaque réveil était une morsure, je supporterais plus la vision de cette place glacée et vide qui s'installait dans mon cœur et dans ma vie. Cette douleur ne se réveillait pas seulement la nuit, au cours de la journée aussi. Je souhaitais qu'il revienne, ne serait-ce que quelques instants pour le serrer contre moi, et lui dire combien il me manquait, ça n'était qu'une stupide imagination et j'ai décidé de me reprendre.

- Julie, j'ai à te parler.
- Pourquoi Flavia ? pour me repousser ?
Répondit Julie très choquée.

- Ecoute, je m'excuse mais c'est au dessus de mes forces.
Suppliai-je ma cousine pour m'écouter.

- Tu dois tourner la page, Flavia, la souffrance te détruit. Tu ne le vois donc pas.
Me cria Julie désespérément.

Julie voulait que j'arrêtais de me torturer, elle se sent à bout la pauvre mais elle ne veut pas m'abandonner a mon sort. Ce qui me fait le plus souffrir c'est parce que je n'arrivais pas à détester James. Je voulais le haïr ou même souhaiter sa mort, mais je ne pouvais pas. Ce n'était pas de ma faute, je ne connaissais pas cette sensation, pour moi haïr est une chose définitive qui n'achève pas la douleur c'est tout le contraire, il l'augmente.

Un beau jour j'ai décidé de tout laisser tomber pour aller vivre dans une autre ville. Après le boulot, je suis allée voir ma tante pour lui en parler.

- Ma tante, j'ai besoin de te faire part d'une décision importante que j'ai prise.

28

- Dis-moi, ma chérie.
- Je ne compte pas rester à Lowry.
- Pourquoi, ma fille ?
- J'ai besoin de souffler un peu.
- Je ne comprends pas, c'est ici dans cette ville, tu as tes amis et ta famille.
- Les amis que j'avais rejetés, tu veux dire ?
- Flavia, tu ne peux pas nous faire ça.
- Je ne compte pas y rester, ce n'est pas une bonne idée.

Et je m'en allais de la pièce, ma tante me suivait pour essayer de me faire changer d'avis, sans succès. Du coup, elle prenait l'initiative d'appeler tous mes amis pour l'aider à me convaincre de rester auprès d'elle.

Je ne savais pas ce que c'est de trahir mais en une fraction de seconde ma vie avait explosé. Ne me demande pas ce que je ressentais, je le sais pas, ce que je croyais ressentir n'avait pas d'explication. C'est comme un mélange d'amour et d'amertume, parfois c'est tellement difficile de refouler un sentiment que je ne connaissais même pas, c'est carrément impossible d'effacer des souvenirs qui me hantaient jour et nuit ces souvenirs étaient un piège, un piège tendu par cette garce de nostalgie. Je me sentais lasse de ce cauchemar qui était devenu mon quotidien, mais que faire pour tout oublier.

- Salut, Sophie !
- Flav, tu es toute pâle.

Dit Sophia vraiment inquiète.

- J'en peux plus de ce fardeau.

Soupirai-je en me cachant le visage avec mes mains fines.

- Pour cela, il n'y a que toi qui peux réussir à y mettre un terme.
- Comment ?

Criai-je.

- Je me trouve dans un tunnel, un labyrinthe sans fin. Je me suis noyée dans mon chagrin comme dans un sommeil doux, profond et délicieux que je ne peux me réveiller.

Poursuivis-je avec fureur.

- Ne pleure pas, des larmes tu en as assez versé.
- Non Sophie, tu ne constates donc pas que ma vie est devenue un abime dans lequel je m'enfonce un peu plus chaque jour. Je ne sais pas comment m'en sortir.

Je pleurais avec une telle rage, Sophia croyait que j'allais faire une crise.

- Arrête, Flavia ! ça suffit.
- Je suis sûre que mère n'aurait pas voulu que je sois comme ça.
- Je te dis d'arrêter, t'es plus une gamine. Tu dois trouver le chemin qui te ramène à la personne que tu es réellement.

Explosa Sophia sur un ton sévère tout en me secouant.

- Décide-toi, soit tu te bats pour oublier soit tu te laisses sombrer dans la noirceur.
- Aide-moi, Sophie ! j'ai besoin d'aide.
- Je ne t'abandonnerai jamais et tu le sais.

- Je n'en doute pas.
- Alors, reprends-toi, sèche ces larmes et remets-toi au boulot, ma chérie.

J'ai essuyé les larmes qui inondaient mes joues ; après le départ de Sophia, je me suis jetée sur les dossiers l'histoire de me défouler un peu. De suite, je suis tombée sur un contrat en attente et je m'y perds, cela m'occupait l'esprit et j'ai complètement oublié le monde autour de moi. Je prenais en compte les conseils de Sophia et j'ai décidé de sortir diner avec elle et Julie. Elles étaient vraiment ravies qu'on reprenait enfin nos petites habitudes.

Pendant notre diner, je voulais leur raconter toute la vérité et je les ai interrompus.

- Ecoutez, les filles ! vous ne connaissez pas toute l'histoire.
- Que dis-tu, Flav ?
- Oui, j'avais honte de vous dire toute la vérité.
- Mais pourquoi ? tu savais qu'on te soutiendrait quoi qu'il arrive.
- Je sais, Sophie, mais c'était tellement humiliant.

J'ai tout de suite baissé les yeux, les terribles souvenirs de cette nuit se submergent et des larmes coulaient à flot sur mon visage.

- Flav, n'en parle pas si tu ne te sens pas prête.

Soupira Sophia.

- Je n'aime pas te voir comme ça.
- Il faut que j'en parle. Je n'en peux plus de ce secret, il est enfoui trop longtemps en moi.

31

- Regarde dans quel état tu es, rien ne t'y oblige.
Imposa Sophia.

- Non, vous me blâmez sans arrêt. Vous allez m'écouter jusqu'au bout et ne m'interrompez pas. — « Un soir je me suis rendue chez James et je l'ai trouvé avec une femme, elle était sur le point de partir et je n'ai pas posé de question. Après son départ nous nous sommes assis sur la galerie en se faisant des bisous et des petits câlins, nous étions très heureux. J'étais assise le dos tourné vers la rue, soudain j'ai senti une main qui m'attrapait par les cheveux et cela me faisait un mal de chien et j'ai poussé un cri. Quand il s'est rendu compte de ce qui se passait, il s'est empressé d'ouvrir la barrière et c'était elle. Elle n'arrêtait pas de me traiter de pute, elle me reprochait d'être une briseuse de couple et je ne savais pas quoi répondre. J'étais figée et je sentais diminuer ma respiration, j'ai effectué un effort pour me rendre au salon pour en parler à sa sœur. Elle me paraissait surprise et elle m'a offert un verre d'eau, mais impossible d'avaler une gorgée.........

- Pourquoi tu ne nous avais pas appelées ?
Répéta Julie avec une telle rage.

- Laisse-moi finir, s'il te plait.
- Arrête de te faire du mal, Flav ! ça suffit.
- Il faut que ça sorte, Sophie...............je me suis évanouie, je ne sais pas combien de temps. Il ne bougeait pas d'un cil, je ne savais pas ce qu'il avait inventé pour qu'elle s'en aille par ce qu'à mon réveil il

était près de moi en me tenant la main. J'étais entouré de sa tante, sa cousine et sa sœur. J'ai essayé de me relever, sa tante m'a ordonné de rester allonger. Quand j'ai pu regarder ma montre il était presque 22hres et je demande à m'en aller. Il m'a proposé de me raccompagner, j'ai refusé et sa tante m'a confirmé qu'elle ne me laissera pas prendre le volant dans cet état, j'étais obligée d'accepter qu'il me ramène. Sur le chemin il m'a tout avoué, il n'arrêtait pas de me présenter des excuses bidons que je me donnais même pas la peine d'y répondre. Il m'a juré qu'il m'aimait, mais ça n'avait plus d'importance, je voulais seulement qu'il disparaisse de ma vie. En arrivant à la maison, après que Walter m'a ouvert, il a garé la voiture. Il m'a tendu les clés et je ne savais pas comment j'ai pu lui rendre son baiser quand il m'a embrassé pour me dire bonne nuit, je me sentais pas capable de le repousser ». je suis une idiote.

- Je suis ta meilleure amie, Flav, pourquoi tu m'as caché tout cela ? Je suis tellement navrée, ma chérie.
- Arrête de pleurer, si tu ne nous l'avais pas dit c'est parce que tu avais une bonne raison. Tu sais que je ne te jugerai jamais.
- Vous me comprenez maintenant, c'était le moment le plus humiliant de toute ma vie.
- Viens dans mes bras, je serai toujours là pour toi.
- Soupira Julie.

Elles étaient très ouvertes sur le sujet de ma rupture et elles ont décidé de m'aider à retrouver une vie normale et de ne pas me laisser tomber quoiqu'il arrive. Ma conversation avec les filles avait fait de l'effet et mon humeur était un peu acceptable pendant le reste de la semaine.

Enfin le weekend, c'est le meilleur moment pour me détendre après une bonne semaine de boulot.

- Mais où sont-elles ? Flavia, Julie.
- Qu'y a-t-il, ma tante.
- Ça fait une heure que je vous cherchais toi et ta cousine.
- On est samedi, tatie. Nous étions au gymnase comme tous les samedis.
- J'ai complètement oublié. Oh les jeunes. Où est Julie ? je dois vous parler d'urgence.
- Attends, ma tante ! je vais la chercher.

Après quelques minutes.

- Nous voici, ma tante ! que s'est-il passé ?
- Tout va bien, notre directeur financier m'a appelé tard hier soir, Flavia doit s'absenter pour les affaires, elle est notre responsable juridique.
- Pour combien de temps, maman ?

Demanda Julie.

- Pas pour longtemps j'espère.
- Je pars quand, tatie ?
- Aujourd'hui, tu as un billet pour 14hres. Va faire tes valises.
- Je m'y mets tout de suite.
- Je vais t'y aider.

Répond Julie avec enthousiasme par ce qu'elle pensait

que ce voyage me fera du bien, je la regardais et on éclatait de rire. Après deux heures, ma tante et Julie m'ont emmené à l'aéroport pour que je me rende à San Pedro.

A mon arrivée, je me reposais un peu quand soudain j'ai entendu quelqu'un frapper à la porte de la chambre d'hôtel où je passais mon séjour, et je me suis relevée.

- Bonsoir, Me Laforest !
- Bonsoir, Madame ! qui êtes-vous, s'il vous plait ?
- Mes excuses, je suis Virginia Gomez, chargée des relations étrangères de la Alvarez compañia.
- Comment allez-vous ? on avait rendez-vous il me semble ?
- Je vais bien. Je vois que vous êtes fatiguées, on peut annuler.
- Ne vous inquiétez pas ! Entrez, je vous prie.
- Vous avez fait bon voyage ?
- Oui, merci.
- Asseyez-vous, nous allons commencer.
- Vous voulez quelque chose à boire.
- Un thé sera parfait.
- Je vous l'apporte.

On a parlé affaires pendant plusieurs heures, après le départ de Virginia je me suis écroulée sur le lit. La fatigue est l'ennemi juré du corps humain, le lendemain je ne pouvais même pas me relever et j'avais un rendez-vous avec le directeur financier de la Alvarez compañia. En me précipitant dans l'immeuble de l'entreprise, un jeune homme m'a rentré dedans, je ne me suis même pas arrêter pour écouter ces excuses et je me suis faufilée dans l'ascenseur. On attendait que moi pour débuter la réunion, on avait beaucoup discuté, des contrats à éditer et beaucoup de changement. Le voyage était très bénéfique pour nos deux compagnies. Je n'ai pas eu le temps pour visiter San Pedro, mais on savait que c'était un pays splendide. C'est à la fin de la réunion que je me suis rendue compte que je n'avais plus mon foulard.

Tout de suite après la réunion, j'ai couru à l'aéroport pour rattraper mon avion pour rentrer chez moi. Mr Walter était venu me chercher à la place de Julie.

- Bonsoir, mademoiselle ! vous avez fait bon voyage ?
- Très bon voyage, merci. Vous m'avez tous manqué.
- Vous aussi mademoiselle, vous n'étiez pas là pour cacher ma pipe.

J'ai éclaté de rire, je cachais toujours la pipe de Mr Walter depuis que je n'étais qu'un petit bout de chou. Il a toujours pris soin de moi et de Julie, il nous aimait comme ses propres filles mais malheureusement il n'a pas d'enfant et j'ai toujours pensé qu'il serait un bon père s'il avait eu cette chance.

- Vous êtes mon papinou, Walter, ça n'a pas changé.
- Vous aussi, vous serez toujours ma petite fille.
- Ce n'est pas vrai.

Répondis-je pour le taquiner.

- Et pourquoi vous venez de dire que ça n'avait pas changé.

Riposta Mr Walter avec sa voix rauque.

- Oui, mais vous n'arrêtez pas de me vouvoyer. Un

père ne vouvoie jamais sa fille.

- Petite coquine ! on a déjà parlé de ça, Flavie. Ce sujet est clos.
- D'accord papinou !

Répondis-je en lui moquant.

- Julie et Toi ne changerez Jamais, nous sommes arrivés petite emmerdeuse.
- Enfin à la maison. Merci mon Dieu.

Susanne la gouvernante de la maison faisait monter mes bagages. Je me suis rendue de suite sur l'estrade de la villa qui se donnait sur la vue magnifique des montagnes de Lowry. Je me suis penchée sur le rebord pour respirer l'air frais de notre jardin, je regardais le couché du soleil, j'adorais me perdre dans ces rayons qui disparaissaient peu à peu à l'horizon. Tout à coup l'odeur des fleurs et du gazon me sauta au nez, et je me suis mise à écouter minutieusement les chants harmonieux des petits oiseaux, je me suis vraiment sentie dans ma peau quand je sursautai par le vibreur de mon portable, c'était Julie :

- Julie
- Salut, Flav ! t'es déjà à la maison ?
- Oui
- Pauvre chérie, je suis désolée de t'avoir plaqué à l'aéroport, j'avais une tonne de boulot.
- T'inquiète pas, Walter était venu me prendre.
- Je suis soulagée, je croyais que t'étais rentrée en taxi. On se voit à la maison. Bisous !
- Bisous, à tout de suite.

Je ressens toujours les douleurs mais je les accepte un peu. Je me tue au boulot pour éviter de penser aux sentiments qui me déchirent.   Je n'arrivais toujours pas à oublier mes vécus avec James.

CHAPITRE III

Deux semaines plus tard

Mon téléphone sonnait depuis une bonne dizaine de minute, j'étais sous la douche j'avais rien entendu. En me sortant de la baignoire j'ai remarqué les appels manquant de Lucas, un collègue de l'université et je l'ai rappelé.

- Allô ! ça va ?
Demandai-je à mon ami

- Bien, je viens de t'appeler
Dis Lucas avec un air triste.

- Qu'y a-t-il ? t'as l'air inquiet
Répondis-je soudainement.

- C'est au sujet de James.
- Je ne veux rien savoir de lui !
Criai-je avec une colère intense et je voulais raccrocher.

- Je sais mais c'est important.
- Que lui arrive t-il ? il est mort.
Rétorquai-je très désintéressé.

- Non Flav, il a eu un accident et c'est très grave. Il est tombé dans un coma profond.

- Oh non, tu plaisantes Lucas ?

- Pas du tout, je viens de l'hôpital, il est très mal en point. Je n'ai même pas eu le temps de lui répondre, mes yeux bruyant de larmes et je me maudissais. Malgré tout ce que James m'avait fait subir, je n'ai jamais voulu qu'une chose pareille lui arrive maintenant il est sur le point de mourir. Voila Julie qui frappe à la porte de ma chambre, je n'ai pas répondu, elle m'appel mais toujours rien. Elle se précipite pour retrouver les doubles des clés de la maison quand elle a entendu l'ouverture de la porte et me voit en pleurs.

- Oh mon Dieu, ça recommence.

Soupire Julie.

- Parles-moi Flavie, c'est encore lui ?
- Oui Lulu et c'est pire.
- Cette fois tu ne m'empêcheras pas de le tuer.
- Pas la peine, il est sur le point de mourir, je n'ai jamais souhaité cela.
- Qui te l'a dit.
- C'est Lucas, il était à l'hôpital.
- Que s'est-il passé, racontes-moi ma chérie ?
- Il a eu un accident et il est plongé dans le coma.
- C'est affreux, je vais appeler Sophia.

Julie essayait de me calmer pendant qu'elle appela Sophia par ce que j'étais très bouleversée. En apprenant la nouvelle, Sophia se précipitait pour nous rejoindre.

- Comment s'est arrivé.

Demande Sophia à Julie.

- Je ne sais pas trop, on doit appeler Lucas pour en savoir plus.

40

Chuchota Julie tout bas.

Elles appelaient Lucas qui leur à tout raconter, et elles décidaient de se rendre à l'hôpital sans que je ne les accompagnais. En arrivant, elles ont vu la sœur de James qui leur a tout expliqué de son état et elle a ajouté que les docteurs attendent 48 heures pour prononcer leurs diagnostics. Je ne cessais de les téléphoner pour savoir comment il allait, je souffrais de ne pas pouvoir être à ses côtés dans une telle situation. Il m'a fait beaucoup de mal pourtant je n'ai jamais souhaité qu'il lui arrive malheur.

Après le départ des filles, j'ai appelé Liline toutes les 5 minutes pour savoir si James s'est réveillé mais toujours pas. Il était dans un sommeil profond à cause de sa fracture du crane. Trois jours plus tard, pendant que j'arrivais au bureau mon portable se mettait à sonner, le temps que je le prenais dans mon sac l'appel était interrompu. Tout à coup c'était le téléphone du bureau.

- Bureau de Maitre Laforest bonjour.
Répond Claudine ma secrétaire.

- Puis-je parler à Flavia, je suis Liline la sœur de James.
- Patientez un instant.
- Maitre Laforest, votre belle-sœur sur la deux.
- Qui ?
Sursautai-je.

- Excusez-moi, c'est Liline la sœur de …
Elle n'avait même pas achevé sa phrase quand soudain je me suis précipitée pour y répondre.

41

- Liline, ça va ?
- Oui Flav, James s'est réveillé.

Répondit-elle en sautant de joie.

- Oh Dieu merci, salut-le de ma part.
- Il n'arrête pas de réclamer ta présence, s'il te plait viens le voir.
- Ne me demande pas ça c'est trop.
- Je t'en supplie Flav.
- Je suis très occupée aujourd'hui, je ne peux pas.
- Ne viens pas pour lui mais pour moi.
- Je ne peux rien te promettre, je te rappel quand j'aurai un peu de temps libre.
- Merci Flav, à plus.

Je me sentais soulager mais tout ceci n'effaçait pas toutes les atrocités que j'avais vécues par sa faute. Le lendemain après-midi, je me rendais à l'hôpital pour lui rendre visite. Je voulais le voir, le serrer dans mes bras mais quand je repensais aux souffrances qu'il m'avait affligé, je ressentais plus rien, que du vide.

- Salut Liline.
- Flavie, merci d'être venue.
- Ne t'excite pas trop, où est-il ?
- Il est dans sa chambre, entre je t'en prie.
- Je ne veux pas faire de mauvaise rencontre.
- Rassures-toi, il est seul.

J'ai ouvert la porte et je suis tombée sur le visage désemparé de James, il était méconnaissable et endormi. En le voyant comme ça, je sentais mon cœur qui se serrait et la

42

seule chose que je voulais était de le voir guérir. Il a ouvert les yeux et remarqua ma présence puis tout à coup j'ai vu un sourire enthousiaste se peint sur son visage et il s'empressa de se lever mais sans succès.

- Ne fais pas d'effort, tu es trop faible.
- Tu es venue Flavie ?
- Oui je suis là.

En lui parlant, je croyais que mon cœur allait sortir de ma poitrine mais je ne lui ai pas laissé remarquer mes émotions.

- Je ne pensais pas que tu viendrais.

Soupira t-il en essayant de se relever.

- Pourtant je suis là, tu peux me toucher si tu y tiens.

Ma gorge se serre à l'idée d'imaginer qu'il pourrait passer à l'acte.

- En te voyant, j'ai cru que c'était un songe Flavie.
- Comment tu te sens ?
- Mieux, maintenant que tu es là.
- Maintenant que je suis là, tu veux rire James ? si je suis là c'est par ce qu'elle existait quelque chose entre nous.
- Existait, tu dis ?
- Tu accueilles la nouvelle comme une révélation. A mainte reprise tu as arraché mon cœur de la poitrine, quoi d'étonnant à ce qu'il soit désormais vide en ce qui te concerne.
- Y a-t-il donc plus rien qui subsiste entre nous ?
- Tu as la mémoire courte on dirait, je t'aimais jadis.

Répondis-je avec une rage.

- Néanmoins tu es venue me voir.

Pendant qu'il termine sa phrase je me suis relevée et approchée de la porte.

- Si je suis venue te voir c'est à cause de ta sœur, n'y vois aucune bonté.

Je suis sortie furieuse, en arrachant presque les gonds de la porte, j'ai même oublié que j'étais dans un hôpital. J'ai croisé Liline dans le couloir pour lui dire au revoir et elle a profité pour me remercier et m'exprimer sa gratitude.

Au milieu des incertitudes, je me demandais comment pouvait-on guérir un cœur blessé puisqu'il existe aucun antidote, aucun calmant. Comment peut-on survivre quand tous nos rêves disparaissent avec nos espoirs et nos envies. En réfléchissant à tout ça, je sens une bouffée de chaleur qui me monte à la tête et j'arrive plus à respirer et tout mon être crie au secours.

Désormais j'arrive plus à expliquer ce sentiment, ce qui se mélange de colère, de peur, de solitude et de chagrin. Je m'étais toujours imposée une règle de vie comme quoi il n'existerait jamais deux sentiments simultanément dans ma vie. Trop de personnes souffrent à cause d'un ou de l'autre et si les deux s'installaient dans ma vie cela me détruirait. La malchance et la souffrance ont brisé cette règle, je les ressentais et j'arrivais à survivre. Ils se mélangeaient en moi, comme le sucre et le sel, ils se complétaient. Les ressentir ne me rendais pas vulnérable mais l'amour en se mélangeant à la haine me procure une carapace, un peu comme une armure qui m'empêchait d'être confrontée à la réalité et à la douleur.

Je me questionne, comment quelqu'un peut prétendre aimer deux être à la fois. L'amour est égoïste, soit une personne ou personne. Je voulais qu'on arrête de me faire croire qu'on n'avait pas le choix, c'est une expression pour les incapables par ce qu'on a toujours le choix : soit on aime soit on apprécie. Confonds pas l'amour et l'appréciation, leurs définitions n'est pas si jumelée.

Je n'arrivais pas à comprendre comment une personne peut prononcer des mots si doux avec une voix aussi suave que la frappe d'une brise angélique et peut détruire les rêves de toute une vie avec des absurdités prononcé par cette même bouche en une fraction de seconde. Peut-être qu'un jour je comprendrais mais là ce n'est pas gagné.

J'ai décidé de mettre un point sur ma vie, un résumé d'erreurs et d'horreurs. Je n'arrivais plus à faire confiance par ce que je suis dans l'incapacité de savoir qui ne me blessera pas car après tout on voit tout simplement les visages mais pas les cœurs. Je vais continuer ma route, essayé de ne pas me confronter à un nouveau dilemme. Je peux tout de même essayer d'appliquer des formes d'amnésie ou d'oubli plus ou moins efficaces mais, finalement il me serait impossible d'échapper aux exigences de ma mémoire.

J'ai été convaincu par ma famille et mes amis de rester à Lowry, à la condition que ma tante accepte mon déménagement après mon diplôme d'architecture. Deux années se sont écoulées, je rencontre James presque tous les jours dans les couloirs l'université et aussi pendant quelques heures de cours. Ce que je ressens pour lui en le voyant n'est autre que du mépris. Je l'ai jamais adressé la parole jusqu'à la fin de nos études. On dirait que j'avais bien appris la leçon.

Je viens d'avoir 27 ans, je suis devenue une vraie femme et dans quelques mois j'aurai mon diplôme, ma famille et mes amis me soutiennent et mes plaies se cicatrisent de mieux en mieux. Et, je suis plus que préparée pour affronter les tourments de la vie.

Je n'ai pas continué à m'apitoyer sur mon sort. Tous les weekends je sortais avec les filles et quelques semaines plus tard, je commençais à sortir avec des galants très beaux qui m'invitaient. Il en avait un qui me plaisait beaucoup et je rejetais tous les autres pour me consacrer à lui seul. J'avais rencontré Henry dans un super marché où je faisais régulièrement mes courses, il venait de jouer au basket et il était en sueur et il m'a abordé, on a fait connaissance. Il était avocat comme moi et j'ai appris qu'il travaillait dans une des entreprises concurrentes de la nôtre. Quand on commençait à sortir ensemble, il savait faire la différence entre sa vie professionnelle et celle en dehors de son travail. Je l'appréciais beaucoup, il était gentil et très compréhensif. Henry vivait seul, sa famille se trouvait dans sa ville natale. Je pensais que je pouvais tomber amoureuse de lui mais bien que j'adore sa compagnie je n'y arrivais pas. On dirait que notre société et moi ne m'avaient laissé la chance de me donner à une nouvelle relation, mais j'ai toujours espéré qu'un jour je trouverais quelqu'un qui saurait panser les blessures de mon passé.

CHAPTRE IV

Il s'est passé plus d'un an, j'ai eu mon diplôme avec mention. J'ai déménagé dans un appartement à une centaine de mètre de la villa de ma tante. Julie et moi étions parties en vacances, on a pris du bon temps et. Nous avons visité de nombreux endroits tout à fait somptueux, on a découvert la magie de la vie de campagne. Boire de l'eau de coco, se laisser transporter par les courants de la rivière, se baigner sous les cascades, c'était extraordinaire et nous en avions grand besoin. Nous sommes rentrées à Lowry après deux semaines.

Nous revoilà au travail, je me donnais à fond dans tout ce que je faisais, je laissais rien ni personne gâcher mon enthousiasme. Je retrouvais la joie de vivre qui s'était enfuie en moi.

C'était un jour de samedi, il faisait une de ces chaleurs. Le ciel était si clair et le soleil prêt à exploser, quelques amis et moi ont décidé d'aller à la plage. Elles étaient toutes en couple et on me donnait le surnom de femme solitaire. J'étais couchée sur le sable tiède sous un doux soleil, les yeux fermés, je sentais le vent flotté sur mon corps avec douceur et tranquillité. Tout à coup j'ai senti une ombre tout près de moi et, j'ai ouvert les yeux. J'ai vu un homme si beau, il s'est approché de moi en me demandant si je pouvais nager avec lui. En un instant j'ai ressenti une sensation étrange et je ne pouvais même pas ouvert la bouche pour lui répondre, j'ai juste hoché la tête pour dire oui. Pendant qu'on baignait ensemble, il m'a demandé mon nom et je lui ai répondu sans aucune hésitation :

- Je suis Flavia, Flavia Laforest.

Et il répondit

- Moi, c'est Ulrick Mendez
- Mendez ? vous n'êtes pas d'ici ?

Demandai-je ?

- C'est vrai, je viens de San Pedro.
- Vous parlez notre langue couramment, il y a aucun accent étranger ?
- On peut se tutoyer, Flavie, si je peux me permettre, je peux t'appeler comme ça ?
- T'inquiète, mes amis m'appellent comme ça. Flav, Flavie, Flavia… c'est pareil.
- D'accord. J'ai passé une bonne partie de mon enfance à Lowry. j'ai beaucoup voyagé mais, j'aime ce pays, c'est fou non.

J'étais impressionnée par sa franchise et très surprise de ce que je ressentais à son égard. Nous avons échangé nos numéros pendant que nous rentrions chacun de notre coté. Il m'a appelé dès mon arrivée à la maison, on a peu bavardé simple question de se dire bonne nuit.

Le lendemain, Sophia est arrivée chez moi toute belle. Elle portait un veston lavande, des talons hauts et près à me faire passer sur la chaise électrique pour avoir des réponses sur ce beau dragueur comme elle n'arrête de le mentionner.

- Qu'y a-t-il de mal, Sophie ?

- De laisser passer ta chance avec Ricky, voilà.
- Je ne le connais même pas, mais tu lui as déjà trouvé un surnom. Ce n'est pas vrai.
- Apprendre à le connaitre. Ça fait trois longues années, Flav.
- Laisse-moi respirer, Sophia, STP.
- Seulement quand tu auras un rendez-vous avec lui. Bisous, ma chérie ! à demain.
- Ouais ! à demain.

J'ai passé la journée à réfléchir de ce que je voulais faire. Sophia avait raison, ça fait trois longues années. Il faut que je bouge un peu les fesses, fleureté un peu n'a jamais fait de mal à personne. Je me suis couchée vers les 22hres parce que demain va être très chargé. J'ai à peine fermé l'œil, mon rendez-vous avec le responsable juridique de la Alvarez compañia me tracasse un peu.

Je me suis réveillée de très tôt, je me préparais quand Julie m'a appelé pour passer la prendre par ce que sa décapotable est tombée en panne et elle l'a amenée au garage. Je suis passée la prendre mais, sa première parole n'était pas bonjour mais plutôt Ulrick.

- Sophia ne pouvait pas la boucler celle-là ?
Lui dis-je furieusement.

- Détends-toi, Flav, tu me racontes ?
Répond-elle en me dévisageant avec un petit air de chien battu.

- Non, j'ai une réunion importante ce matin. Je ne veux pas me déconcentrer sur autre chose.

49

- Un tout petit peu stp ?
- Plus tard, Lulu, je t'assure il est vraiment mais vraiment à croquer.
- Oh mon Dieu, tu me le présentes ?
- Non, descends de ma voiture, petite emmerdeuse. Nous y sommes.
- Tu ne m'échapperas pas.

Crie Lulu

Ma secrétaire Claudine était déjà là, elle m'attendait avec une tasse de café.

- Que ferais-je sans toi ?
- Je ne sais pas, mais votre rendez-vous de 8h30 est déjà arrivé.
- Quoi ? il est en avance.
- Oui, il est très beau en plus.
- Arrête de décorner, allons-y.

En arrivant à la salle de réunion, j'ai vu un homme de dos mais cela ne m'empêche pas de remarquer son costume à 12000 dollars. Il avait une allure exceptionnelle, je me suis retournée vers Claudine pour lui demander le nom du monsieur et c'est à ce moment qu'il se retourne vers moi.

- Bonjour, Maitre Laf…
- C'est toi ?
- Oui, mais je n'avais pas fait attention au prénom. Quand on m'a chargé de venir ici, je n'avais pas demandé beaucoup de chose.
- Et pourquoi ?
- C'était décidé à la dernière minute. Notre responsable

juridique a eu un petit problème familial et on m'a désigné à sa place.

- Drôle de coïncidence.
- Tu es la responsable juridique de cette entreprise ?
- C'est moi.

Nom de Dieu, je sentais plus mes jambes. En le voyant devant moi mon cœur a failli sortir de ma poitrine, je n'imaginais pas notre deuxième rencontre comme ça.

- Et si on commence
Suggère Ulrick

- Bonne idée.

Nous avons commencé à entamer les points essentiels de la réunion et les détails nous ont pris plus de temps que prévue. Nous avons diné dans le bureau et bavardé un peu. Il m'a appris qu'il était le directeur de vente et de marketing mais il se connait un peu en droit commercial. Notre réunion est terminée et on se séparait, tout à coup il m'attrape par le bras en me disant :

- Je vais rester pendant quelques jours, cela te dit un vrai diné avec moi. Ce vendredi à 20hres, je passerai te prendre.
- Aucun problème, au revoir et merci.
- Merci à toi, charmante demoiselle.

On est vendredi et il est venu me chercher, il m'a emmenée dans un endroit très spécial. Pendant que nous dinions, nous en avons profité pour refaire connaissance. Il m'a avoué qu'il était marié une fois et qu'il a eu une rupture difficile, il n'avait pas d'enfant. Il se comporte très différemment des autres hommes que j'avais rencontrés. Il m'a raconté son histoire du début à la fin, j'ai hésité à lui révéler certaines choses mais finalement je lui ai tout dit. Apres quelques heures, il m'a raccompagné. Sur le chemin du retour, il m'a confié combien il est enthousiasmé par notre amitié et, il avait l'air confiant.

6 mois plus tard

J'étais sous la douche quand j'ai entendu quelqu'un sonné à ma porte, j'ai simplement répondu que la porte était ouverte.

-   Flavie, où es-tu ?
C'était la voix d'Ulrick

-   Je suis dans la salle de bain, j'arrive.
Apres une dizaine de minutes, je suis arrivée au salon et j'ai remarqué un petit mot sur la table basse. Bien qu'il voyage beaucoup, il ne cesse de me surprendre. Le mot disait : *« je t'attends ce soir à 19hres à l'endroit habituel, je t'en prie ne refuses pas »*.

Quelques heures plus tard, je suis arrivée dans le resto. Je portais une magnifique robe de couleur lavande, c'est l'une de mes préférées. Des talons hauts, la robe était fendue sur le côté où on pourrait admirer mes superbes jambes effilées. Il n'y avait personne à part un serveur et une dame de service, le jeune homme s'est approché de moi :

- Madame, vous êtes Flavia ?
- Bien sûr, en quoi puis-je vous aider ?
- Une toute petite chose, allez-vous asseoir sur la table indiquée par la dame.
- Asseyez-vous, madame.
- Merci, mais….

Sans que je termine ma phrase, j'ai entendu des pas derrière moi et la voix d'Ulrick qui me coupe la parole en me disant qu'il n'a pas de mais qui tienne.

- Laisse-toi aller Flavie, fais-moi confiance.
- Je vais essayer, Ricky.

Il est assis en face de moi, il me regardait dans les yeux et me complimentait soit sur mes cheveux soit sur ma robe. Il m'a aussi demandé si la surprise me plaisait. Nous avons parlé de nos rêves les plus fous, j'ai profité de ce merveilleux diner pour le connaitre davantage. Je ne pouvais pas nier qu'il me plaisait énormément mais j'avais peur de commencer une nouvelle histoire. Mes plaies étaient peut-être un peu cicatrisées mais ça faisait toujours aussi mal.

Bien qu'il apporte la paix, la joie, la gaieté et aussi un sens à ma vie. Tout cela n'empêchait que j'ai des doutes comme qu'il pourrait me faire souffrir un jour. Je vivais avec la peur de l'atrocité que j'ai déjà vécue. Quand quelqu'un me dit qu'il m'aimait, je ne pensais qu'au jour où cette même personne me brisera en miette et cela me terrorisait. Cet homme pouvait être un modèle de vie pour moi, je pouvais aussi l'aimer avec passion et admiration. Il pouvait être mon courage et ma force, mais pour aimer il faut se sacrifier. Sacrifier beaucoup de temps pour surmonter les obstacles conflictuels et je sentais que je n'étais pas prête émotionnellement. J'avais déjà sacrifié du temps une fois et maintenant je refusais de continuer de me faire du mal.

Je me sentais bien près de lui mais j'avais fermé mon cœur à la violence de cette société inhumaine. Ulrick m'a déclaré sa flamme au cours d'une de nos nombreuses soirées romantiques. Sa réaction ne m'avait pas surpris, je m'y attendais mais je ne savais pas quoi lui répondre. Une chose était sûre il n'avait pas l'intention de reculer sur sa décision malgré mon passé. Il me disait qu'il insisterait jusqu'à ce qu'il s'épuise, il me jurait qu'il n'était pas comme les autres et que je devais lui laisser la chance de me le prouver. Ulrick m'a avoué qu'il m'aimait dès notre première rencontre sur la plage, il n'avait pas osé de me le dire par ce qu'on ne se connait pas. Il voulait aussi qu'on soit amis pour savoir qui j'étais et pour lui faciliter les choses. Après une longue conversation, il m'a raccompagné à la maison et pendant qu'on se disait au revoir ses lèvres ont effleuré les miennes et nous nous sommes embrassés. J'avoue que ça m'a beaucoup plu et j'ai passé la nuit à rêver de ce baiser encore et encore.

Le lendemain pendant que je me préparais pour aller au boulot, j'ai entendu la sonnerie de mon portable et c'était Ulrick.

- Salut, ma chérie !
- Salut, Ricky ! comment était ta nuit ?
- Merveilleuse, et la tienne ?
- Fatigante.
- Vraiment, que s'est-il passé ?

- Rien d'important, tu es où ?
- Au boulot, ma belle.
- Déjà ?
- Oui, et toi ?
- Prêt à partir au bureau.
- D'accord, mon cœur ! on se parle plus tard.
- En ouvrant la porte, j'ai vu un homme avec un bouquet de rose rouge qui lui cachait le visage.

- C'est pour toi, mademoiselle.
- De la part de qui ?

En me remettant le bouquet, je voyais que c'était Ulrick

- De moi, ma poupée.

C'était la meilleure surprise qu'on m'a jamais faite, je ne trouvais même pas les mots pour lui exprimer l'immense joie que je ressentais. Il était prêt à tout pour gagner mon cœur.

- Merci, Ricky ! c'est très gentil.......tu fais exprès des fois.
- Le geste ne t'a pas plu, ma chérie.
- Que dis-tu ? j'ai adoré. Pourquoi tu te donnes tout ce mal ?
- Il y a pas de mal à vouloir faire plaisir à la femme que j'aime.
- Tu veux vraiment être l'homme pour qui mon cœur bat uniquement ?
- Tu le sais très bien, Flavie.

Apres un bref instant je lui ai suggéré de me donner un peu de temps pour bien assimiler tout ça. Il ne me laisse même pas terminer ma phrase quand il m'a confirmé que je pouvais prendre tout le temps qu'il me faudra car il était très patient. Ensuite, il m'a embrassé sur le front.

- File, tu vas être en retard aujourd'hui.
- D'accord, à ce soir.

Quand je suis arrivée au bureau, j'ai salué Claudine, elle me regardait différemment que d'habitude puis elle se mit à rire. Je lui ai pas demandé pourquoi parce que ce jour était le plus beau que je connaissais depuis quelque temps. J'ai passé la journée à penser à Ulrick, je n'arrêtais pas de penser à ses lèvres, à son sourire, j'arrivais plus à lui enlever de ma tête. Vers 12hres, Julie et Sophie sont venues me chercher pour notre petit déjeuner entre amis et, je les trouve un peu bizarre avec moi.

- Dis-nous ce qui t'arrive, Flavia ?

Me demanda Julie

- Rien, pourquoi ?
- Tes yeux scintillent, Flav. Il y a longtemps que je n'avais pas remarqué cette lueur sur ton visage.

Dit Julie en souriant.

- Quelle lueur ? mais de quoi tu parles, Lulu ?
- Elle est seulement heureuse, Julie.

Répond Sophia.

- Sophie, tu délires complètement.
- C'est toi qui délire chère.
- Ne l'occupe pas Lulu, je me suis tout simplement levée de bonne humeur.

- Cette bonne humeur, ma chère Julie, on le doit à Ricky.

Répéta Sophia comme si elle apprenait à parler.

- Ce beau gosse. T'es une petite coquine, Flavie,

Ricana Julie.

- C'est bon, je vais tout vous raconter.

Vas-y. Réponds les filles simultanément.

- Il m'a fait une surprise ce matin.
- Raconte ?
- Il m'a appelé pour me souhaiter bonne journée ce matin en me disant qu'il était déjà à son bureau. Et.......
- Quoi ? termine la phrase.

Supplia Julie.

- Et, il était devant la maison avec un grand bouquet quand j'ai ouvert la porte.
- Oh mon Dieu ! c'est très romantique, Flav.

Dit Sophia à cœur joie.

- Il est peut être le bon. Ne tarde pas trop, ma chérie.

Me dit Julie sur un ton sincère.

- Peut-être, les filles.

Dis-je anxieusement.

Je me suis rendue compte qu'Ulrick ne m'a pas appelé de la journée jusqu'à la fin de celle-ci et je voulais le surprendre. En rentrant à la maison, je faisais un détour de par chez lui en frappant à la porte, c'est moi qui suis surprise.

- Bonsoir.
- Qui êtes-vous ?

C'était Catherine, son ex femme. Je la reconnais de suite. Elle est d'une beauté époustouflante et très élégante. Elle me regardait de haut comme s'il me connaissait.

- Je peux voir Ulrick ?
- Vous êtes Flavia ?
- Oui. Trop d'interrogations, il est là ?

Ulrick était sous la douche et il est apparu en serviette, il était drôlement surpris de me voir.

- Flavie ! comment vas-tu, ma puce ?
- Bien, je n'ai pas eu de tes nouvelles de toute la journée et, je voulais te faire une surprise.
- Cela me fait très plaisir, je n'ai pas eu une seule minute à moi aujourd'hui.
- Je vois ça.
- Entre, s'il te plait.
- Merci mais je suis fatiguée et on dirait que tu es extrêmement occupé. Je dois rentrer.
- Flavie, ne va pas t'imaginer des choses je t'en prie.
- Flavia, je suis Catherine. J'ai beaucoup entendu parler de vous.

Interrompit-elle notre conversation désagréable.

- En bien j'espère ?

Elle se met à sourire, puis elle lança un coup d'œil à Ulrick et répond.

- Oui, tu es superbe.
- Merci, je ne peux pas rester. Heureuse de t'avoir rencontrée.
- Moi aussi.
- Au revoir tout le monde.
- Flavie, attends.
- Agréable nuit, Ricky ! à demain.

Je retournais à ma voiture, je repensais sans arrêt à ce que j'ai vu mais je ne voulais pas tirer de conclusion trop active.

- Excuse-moi, Ulrick, on dirait que je viens de te foutre dans la merde.

Dit Catherine en se moquant d'Ulrick.

- Ce sera la première fois peut-être ? Tu débarques toujours sans prévenir. Tu aurais pu me téléphoner avant, et tu ouvres la porte de chez moi comme si tu y vis. Que va-t-elle penser maintenant ?

Répond Ulrick en Haussant la voix sur Catherine. Il était devenu furieux après elle.

- Flavie est très différente de toi, rends-moi service ne viens plus ici. Je ne veux pas avoir de problème avec elle.
- J'ai compris.
- Que viens-tu faire ici, dis-moi ?
- Je suis venue t'apporter des dossiers concernant la vente du mois dernier ?
- Tu aurais pu m'envoyer un coursier bon sang.
- Ne t'énerve pas, je m'en vais.

- Contrairement à toi, elle est la meilleure chose qui me soit arrivée. Pourquoi tu m'as suivi jusqu'ici, Catherine ?
- Je pensais que nous pourrions avoir une dernière chance.
- Eh bien, tu t'es trompée. J'ai donné mon cœur à Flavia, il ne m'appartient plus.
- Au revoir Ulrick. Je souhaite qu'elle se rende compte de la chance qu'elle ait.
- Je suis désolée, Catherine, mais tu dois comprendre.
- Tu as raison, je m'en vais.
- Adieu Catherine !
- Je vais envoyer une demande de transfert dès demain matin. Adieu Ulrick !

Je suis allée prendre un verre dans un petit bistro tout près de mon appartement l'histoire de me calmer et d'y voir un peu plus clair. J'avais seulement mon portefeuille avec moi, j'avais laissé mon portable dans ma chambre. Sophia et Julie étaient avec moi comme tous les jeudis elles dorment à la maison, soirée entre filles. J'ai bu plus que d'habitude ce soir là et on parlait des garçons comme des vraies fillettes, c'était très marrant. Je faisais tout pour que les filles ne remarquent rien mais c'était raté.

- Qu'y a-t-il, Flav ?
Me demande Sophia

- Rien d'important, un petit souci c'est rien.
- Tu veux qu'on en parle, ma chérie ?

-   Je gère, je t'assure.
-   D'accord.

Il était déjà minuit passée quand nous sommes rentrées à la maison et j'ai trouvé une bonne dizaine d'appel sur mon portable complétant ceux du téléphone de l'appartement. Tous étaient d'Ulrick, des messages vocaux inondaient ma messagerie. Je me suis mise au lit et je me suis dit que je le rappellerais demain. J'ai eu une nuit apaisante, l'alcool était pour beaucoup. A notre réveil, nous n'avons pas tardé pour nous rendre au boulot, beaucoup de travaux nous attendaient. Au moment où j'ai pensé de l'appeler, mon portable se met à sonner et c'était lui.

-   Salut, Ricky ! j'allais t'appeler.
-   Mais tu ne l'as pas fait. J'ai passé la nuit à t'appeler.
-   Je suis désolée, c'était la soirée des filles et je suis sortie sans mon portable.
-   Je comprends, comment vas-tu ?
-   Ça va, et toi. Que dis-je ? Je sais que tu vas à merveille.
-   Ecoute Flavie, je voulais te parler d'hier soir.
-   N'en fais pas tout un drame. C'était ma faute.
-   Non ! ne dis pas ça, mon cœur.
-   Si ça l'est, j'aurais dû t'appeler avant.
-   Tu n'aurais pas à faire ça.
-   J'y penserais à l'avenir avant de débarquer chez toi à l'improviste.
-   Je t'en prie, je savais pas qu'elle venait à la maison.
-   Moi non plus.
-   Tu as toutes les raisons du monde de m'en vouloir,

Flavie, mais….

- Mais ce n'est pas le cas, Ricky, j'ai confiance en toi. Ecoute, j'ai beaucoup de boulots. Dinions-nous ce soir dans notre resto préféré, c'est moi qui régale.
- Je t'aime, tu le savais ? je passerai te prendre ?
- Mais non, retrouve-moi là bas à 20hres pétante. J'ai hâte d'y être, à ce soir.
- Bisous, ma chérie.

J'ai travaillé sans prendre de pause, je voulais terminer ce contrat sans délai. Julie était là à m'attendre pour signer des documents pour l'administration. Du coup, j'ai laissé le bureau à 19h 30, je n'ai même pas eu le temps de passer à la maison pour prendre une douche et de me faire belle. Je me rendais directement au resto, il était déjà là à m'attendre avec un bouquet à la main.

- Wow ! tu me surprends un peu plus chaque jour.
- Tu peux m'expliquer comment ?
- Tu es sublime dans cette tenue.
- Tu te moques de moi. Je viens à peine du bureau, j'ai pas eu le temps de passer à la maison.
- Ça ne se voit même pas, tu es très élégante.
- Surtout fatiguée et affamée.

Il se mit à rire d'un coup et je le regardais avec un sourire qui me sortait du cœur. Et, il est tellement beau, je ne pouvais refouler ce que je ressentais pour lui. Mais je n'arrêtais pas de me dire et s'il me brisait le cœur, cette phrase ne pouvait pas s'effacer à chaque fois que je pensais à lui.

- Mais pourquoi tu ris comme ça ? c'est la première fois que tu t'ouvres à moi de cette manière et j'apprécie.

- J'ai le droit de manger quand même.
- Je suis d'accord. J'ai déjà commandé ta salade préférée et du vin.
- Je t'aime, Ricky.
- Tu peux répéter s'il te plait ?
- Quoi ?
- Ce que tu viens de me dire.
- Ne m'oblige pas à le redire, tu as bien entendu.
- Ce soir, je suis l'homme le plus heureux du monde.

On a parlé de beaucoup de choses, j'ai été surprise de voir le nombre de choses que nous avions en commun lui et moi. Il m'a raconté combien il aimait son travail et que c'était la seule chose qui comptait réellement après sa séparation avec Catherine. Il m'a avoué combien il m'aimait, il a mis son cœur à nu à mes pieds et, je croyais en chaque mot qu'il a prononcé. Je sens que je suis entrain de tomber amoureuse de lui mais je n'osais pas lui étaler mes sentiments.

- Je veux te raccompagner ce soir, tu me laisses pas toujours ce plaisir.
- Cela me ferait un bien fou, je suis incapable de conduire. Mais ta voiture tu en fais quoi ?
- Elle peut rester dans le parking du resto, je passe la prendre demain en te ramenant la tienne de bonne heure.
- C'est réglé alors, allons y.

Il était au volant mais cela ne l'empêchait de me baiser la main, de temps à autre un petit regard complice et un sourire. Ce soir là était magique. Il avait garé la voiture à ma place du parking de l'immeuble pour me raccompagner jusqu'à ma porte.

- Ouf ! je suis extenuée.
- Tu as besoin de sommeil ma jolie.

Je l'ai regardé, j'ai vu un homme, j'ai vu ses beaux yeux, sa bouche fine. Il m'a embrassé longuement et son baiser faisait monter en moi une certaine excitation que j'étais incapable de contrôler.

- Tu veux que je reste un moment, seulement le temps que tu t'endormes et ensuite je m'en vais.
- Laisses-moi juste le temps d'ouvrir la porte.

Mes mains tremblotaient.

- Entre, je t'en prie.
- Je vois que tu es très fatiguée, Flav, je vais te faire couler un bain.
- Oh ! merci, mon cœur. Tu es un vrai gentleman.

Après cette longue journée, un bain moussant n'était pas de refus pourtant il y avait bien meilleur. Il s'est approché de moi pour m'aider à m'enlever mon soutif, je sentais son souffle me frôlait les épaules, c'est apaisant. En me retournant nos lèvres se sont effleurées et ressentais un désir brulant, le désir de me donner à lui sans retenu. J'avais fermé la porte à toute sensualité mais j'avais besoin le poids de son corps sur le mien. Il m'a pris dans ses bras en inspectant chaque parcelle de mon anatomie. Il m'a emmené dans la salle de bain, le plaisir de son touché me propulsait dans un autre univers, je me suis laissée dominé par lui. Il me caressait de la manière que j'adorais, il a pris le soin de ne rien oublier. Nos deux corps ne faisaient qu'un, il m'a plaqué au mur et je sentais lentement ses mains sur mes seins, sa langue léchait mon cou légèrement. Je n'arrêtais pas de pousser des cris de jouissance, nos deux corps à l'unisson. Je sentais la chaleur de sa peau, sa sueur qui dégoulinait sur mes fesses, mes hanches qui se balançaient sur un rythme précis entre ses mains, mes doigts se sautillaient sur ses abdos. Je l'ai senti en moi et c'etait agréable, il me donnait du plaisir, je n'arrivais pas à imaginer qu'on pouvait jouir autant et j'ai éprouvé la sensation d'être de nouveau une vraie femme. Apres que nous ayons fini de faire l'amour, nous avons pris notre première douche ensemble, nous nous sommes enlacés pendant toute la nuit. Ce fut la plus merveilleuse de toute ma vie.

Il s'est réveillé avant moi, il m'a préparé un petit déjeuner circulant, il m'a confié qu'il détenait ce talent de cuisinier de son père qui malgré souvent absent mais quand il était là il rattrapait le temps perdu par ses mets délicieux. Il m'a beaucoup parlé de sa famille, il m'a raconté comment San Pedro était un pays charmant, et je lui ai fait part de ma visite à la Alvarez Compañia. et, quand je lui ai parlé de l'homme qui m'a presqu'arraché les épaules et l'histoire du foulard, il est devenu un peu pâle, son esprit était ailleurs.

- Tu te sens bien, Ricky ?
- Très bien, mon amour.
- Le temps passe si vite.
- Seulement quand je suis avec toi, Flav.
- Très bien, je te dépose mon cœur, il est presque 8hres.
- Pas la peine mon rayon de soleil, je vais prendre un taxi pour rentrer me changer en passant je

récupérerai la voiture.

- On se parle à ton arrivé.

- Super. Je t'aime.

Il m'a donné un long baiser pour me dire au revoir. Ses lèvres étaient si douces que j'ai passé la journée à en rêver. Il m'a envoyé un grand bouquet au bureau avec un petit mot : « je suis fou de toi, Flavie ».

- Je suis arrivée au bureau comme quelqu'un qui a découvert un joyau. Julie et Sophia n'arrêtaient pas de me harceler pour leur raconter la cause de ce merveilleux sourire qui se peint sur mon visage bien qu'elles sachent qui en était la cause. J'ai eu une rude journée, je me suis sentie exténuée. En arrivant à la maison, par ma grande surprise, j'ai trouvé un message sur mon répondeur : « *Flavie, je suis navré de ne pas pouvoir te dire que je retourne à San Pedro aujourd'hui même. Je n'ai pas eu le courage de te regarder dans les yeux pour te l'annoncer. Tu vas terriblement me manquer* ». En écoutant sa voix, je me suis mise en colère contre moi sans me rendre contre. J'ai couru dans ma chambre en sanglotant, en hurlant que c'était de ma faute, je ne devrais pas me donner à lui si vite par ce que cela l'a fait fuir. Et j'ai pris mon portable pour appeler Julie.

- Allo ! Julie c'est moi.

- Qu'y-a-t-il ma chérie ?

- Il est parti.

- Qui ? Mais tu pleures ?

- Ulrick, il est reparti vivre à San Pedro. Qu'ai-je fait de si horrible pour ne pas pouvoir garder un homme.

- Mais quand ça ? Il va revenir c'est pas ce que tu crois.

- Il n'a même pas eu le courage de me le dire en face ni de m'appeler au bureau, ce foutu lâche m'a seulement laissé un message sur le répondeur de la maison.

- Calmes-toi ma chérie, il va surement t'appeler pour t'expliquer.

- Je ne veux plus jamais entendre parlé de lui.

- Ecoutes-moi Flavie, tu es en colère. Vas prendre une douche, essaies de te reposer et on en reparle de tout ça calmement demain.

- D'accord

- Bonne nuit ma chérie, je t'aime.

- Moi aussi.

J'ai passé la nuit à gigoter dans tous les sens tout en me punissant et, je n'ai pas pu cesser de penser à lui. Où il est ? Ce qu'il fait ? Avec qui ? Toutes ces questions sans aucune réponse dans ma tête, je croyais que j'allais devenir folle. Cette nuit était interminable, je me sentais coupable de son départ. Je n'avais toujours pas compris le pourquoi de son départ.

Quelques heures plus tard, j'ai senti l'odeur de la rosée du matin et j'ai regardé par la fenêtre le soleil qui se baignait dans l'océan avant de se lever. Et, moi j'étais toujours là à écouter en boucle la voix du répondeur qui était celle d'Ulrick. Tout à coup je me suis posée des questions : pourquoi il ne m'a pas appelé sur mon portable ? Il savait bien qu'à cette heure je n'étais pas à la maison. Peut-être qu'il voudrait savoir comment je réagirais s'il partait sans aucune explication ? Tout ceci était sans importance, la seule chose qui comptait pour moi c'était que je l'aimais malgré la peur que je ressentais.

Mon alarme m'a réveillé de cet horrible cauchemar et je devais me préparer pour me rendre au bureau. L'envie de rester dans mon lit ne m'avait pas manqué mais je devrais penser à autre chose. En arrivant à l'entreprise, tout le monde me dévisageait, mes yeux étaient gonflés et je croyais que c'était à cause des lunettes noires que je portais. Je m'étais trompée, en ouvrant la porte de mon bureau, j'ai remarqué quelqu'un assit sur ma chaise derrière mon bureau en train de lire mon journal qui lui cachait le visage. J'ai enlevé mes lunettes, tout énervé.

- Puis-je vous être utile ?

Suite à quelques secondes, aucune réponse ne se faisait entendre. Et, je poursuivis avec un petit peu d'arrogance.

- Ecoutez, qui que vous soyez. J'ai pas fermé l'œil de la nuit, je ne suis pas d'humeur à plaisanter et j'ai beaucoup à faire.

Toujours aucune réponse, je me suis sentie offenser. J'ai accroché mon sac sur le mur et je disais à l'inconnu quand il aurait terminé sa lecture, il me le ferait savoir. Sur ces mots, sa main glissait une porte bague sur le bureau.

- Vous plaisantez, bon sang qui êtes-vous ?

En sortant du bureau pour aller voir Claudine, soudain j'ai entendu une voix semblable à celle du répondeur. Il a déposé le journal en me disant :

- On dirait que je t'ai manqué, en voyant tes yeux, j'ai remarqué que tu avais pleuré. Et, je t'ai entendu dire à l'instant que tu avais passé une nuit blanche.
- Ça n'a rien à voir avec toi, t'es pas le centre du monde.

J'ai ouvert la porte et on entendait seulement l'écho d'un grand claquement de porte. Tout le monde me regardait comme s'il savait ce qui se passait. Et, quand je suis arrivée au fond de la pièce, j'ai entendu des pas derrière moi et de nouveau la même voix.

- Je t'ai manqué à ce point ?

Je me suis arrêtée et des larmes coulaient sur mes joues comme un ruisseau, mon cœur s'est arrêté et j'ai cru que j'allais mourir. Le son de mon cellulaire m'a surpris et c'était la voix de Sophia.

- Salut, Flavie.
- Hey.
- Ta voix est un peu étrange, tu vas bien ?
- Ça va.

Répondis-je avec une voix étouffée.

- T'en es sûre ?
- Ne t'inquiète pas.
- Je vais pas pouvoir me rendre au bureau aujourd'hui,

ce n'est pas la grande forme depuis quelques semaines, je vais à l'hôpital.

- Je peux t'accompagner si tu veux ?
- Non, je passerai chez toi ce soir.
- D'accord à ce soir, ma chérie, prends soin de toi. Bisous.

Tout à coup, je me suis souvenue que quelqu'un me parlait. Je me retournais et je voyais Ulrick qui me regardait avec un air innocent et naïf comme s'il regrettait de m'avoir menti. Je rentrais dans mon bureau sans faire attention à lui. Je voulais lui dire quelques mots mais ma voix était coincée au fond de ma gorge. Il était derrière moi en me chuchotant à l'oreille combien il était désolé.

- Pardonne-moi, Flavie, je ne voulais pas...
- Tu ne voulais pas quoi ? Me faire sentir comme je suis en ce moment ?
- Je t'en prie.
- Va t'en et ne reviens plus jamais, s'il te plait.

Je lui ai parlé sur un ton explosif et les larmes recommençaient et cette fois je pouvais plus les retenir. Je ne pouvais me taire et je lui ai crié dessus.

- La seule chose que je regrette c'est de t'avoir invité dans mon lit et d'avoir cru qu'on pourrait être heureux ensemble.
- Ne dis pas ça Flavie, tu sais que je t'aime beaucoup et je ne veux pas vivre sans toi.

Ces mots me viennent droit au cœur mais je ne savais pas quoi lui répondre. Soudain il a ouvert la porte pour s'en aller.

70

- Tu as oublié quelque chose.
- C'est pour toi, ma chérie.
- Tu peux la garder, je n'en veux pas.
- Je l'ai apporté pour toi.

Sans aucune réponse de ma part, j'ai sorti des dossiers dans le tiroir et j'ai commencé à travailler. Il a pris la bague, en ouvrant la porte il m'a dit un au revoir et j'ai tout de suite remarqué de la tristesse dans sa voix. Quelques instants après son départ, Julie entre dans le bureau.

- Je t'avais dit qu'il y avait bien une explication.

- Il peut la garder cette explication, je veux rien entendre.

- Ecoutes-le au moins.

- Non Julie, je veux que les homes arretent de me prendre pour une idiote à chaque fois.

- S'il te plait Flavie.

- Non, c'est terminé.

- Après tout, je n'ai pas à me mêler de ta vie.

- Dis pas ça Lulu.

- Non c'est vrai Flav, tu as raison. Je retourne travailler, à ce soir.

Elle voulait me faire culpabiliser et elle a réussi, le téléphone du bureau sonnait et Claudine me faisait signe de répondre. J'étais tellement occupé que je n'ai pas pu décrocher, j'ai entendu la voix de la messagerie qui dit « décroche, s'il te plait ! je sais que tu es là. J'ai besoin de te parler ». Je me suis précipitée pour répondre, le bip m'a ralenti, maintenant c'est mon portable.

- Allo !
- Ecoute-moi, ma chérie, ne raccroche pas.
- Je suis très occupée.
- J'ai besoin de te voir.
- Maintenant ? Tu plaisante, j'espère.
- Non, mon amour.
- Et quand ?
- Ce soir à l'heure qui te convient.
- Je ne peux pas ce soir, j'ai déjà prévu quelque chose.
- Dis-moi à quelle heure tu rentres ?
- 22h, 22h 30.
- Ça me va, à ce soir. Bisous.

Je continuais à travailler sur des contrats avec une entreprise de Turquie qui me chamboulent eux aussi. La journée vient de se terminer, je suis rentrée chez pour prendre une bonne douche. En me relaxant dans la baignoire, je mettais un peu de musique qui me faisait un bien fou. Il était 20h quand j'ai entendu sonner à la porte.

- Qui est-ce ?
- C'est moi Sophia.

Quand j'ai ouvert la porte, j'ai tout de suite lu de la tristesse sur son visage.

- Que t-a dit les médecins ?
- Je dois me faire opérer. J'ai un kyste ovarien.
- Quoi ? l'opération c'est pour quand ?
- Cette semaine.
- Prends tout ton temps, ma chérie, n'oublie jamais combien je t'aime et je ferai n'importe pour toi.
- Je ne sais pas quoi faire, Flavie, c'est au dessus de mes moyens.
- Laisse-moi m'occuper de tout, s'il te plait.
- Non, je ne peux pas accepter, c'est trop couteux.
- Ecoutes ma chérie, tu es comme une sœur pour moi. Et, la vraie valeur d'une amie ne peut être traduit ou exprimé en quelque phrase, laisses-moi t'aider je t'en supplie.
- Que ferais-je sans toi ?
- Tu as toujours été là pour moi, c'est la moindre des choses.
- Je ne sais pas comment te remercier.
- En restant toi-même.

Le bruit de la sonnette interrompt notre conversation, en ouvrant la porte j'ai vu un bouquet contenant une carte. « *J'ai besoin de ton pardon, c'est important pour moi* ». Pendant que je tenais le bouquet d'une main et la carte de l'autre, Sophie m'a demandé de la part de qui et je lui ai remis la carte. Apres qu'elle l'a lu, elle m'a demandé ce qui s'était passé, je lui ai résumé l'histoire. Elle m'a prise dans ses bras en me disant qu'elle ne voulait pas que je souffre à nouveau et elle m'a supplié de donner une nouvelle chance à Ricky mais c'était au-dessus de mes forces.

73

- Tu sais combien je l'aime.
- Oui je sais, tu dois cesser d'avoir peur.
- J'ai rendez-vous avec lui ce soir ?
- C'est bien, ma chère.
- Mais, je n'ai pas envie de le voir.
- Tu mens, Flavie, je te connais.
- C'est vrai et je n'aime pas ça.
- Je m'en vais, va te faire belle. On se voit demain au bureau.
- Non mademoiselle, tu restes chez toi pour te reposer.
- D'accord, bisous.

Il est à peine 22h, j'étais en train de me maquiller quand mon cellulaire sonnait. C'était Ricky.

- Je t'attends mon amour.
- Excuse-moi, je suis tellement fatiguée que j'ai complètement oublié notre rendez-vous.
- Ce n'est pas grave, je peux te retrouver à ton appartement.
- Non, on se parle demain.
- S'il te plait, il faut qu'on se parle.
- Ça peut attendre demain, bonne nuit Ulrick.
- C'est la première fois que tu m'appelles comme ça.
- Il y a une première fois à tout.
- Bonne nuit, je t'aime.

Apres avoir raccroché, je sentais le vide qui m'envahissait. Je voulais le voir mais je voulais savoir à quel point il m'aimait en le torturant. Le lendemain, je suis arrivée de très tôt au bureau pour mettre à jour des rapports. Soudain j'ai vu des livreurs de fleurs qui entre dans l'entreprise et que je voyais de mon bureau.

- Maitre Laforest
C'était la voix de Claudine.

- Oui.
- On vous demande.
- Qui ?
- Des livreurs de fleur.
- Faites-les entrer.
- Maitre, ils sont d'une dizaine.
- D'accord, j'arrive.

Quand je suis sortie, j'ai vu toutes les fleurs que j'aimais même les plus rare, l'un des livreurs m'a demandé de signer. Quelques minutes après, mon portable se mit à sonner et c'était Ulrick, je n'ai pas répondu et toute suite celui du bureau, Claudine me faisait signe.

- Allo !
- Salut, ma chérie ! je t'ai envoyé des fleurs.
- Elles sont magnifiques, merci.
- Une carte aussi.
- Je ne l'ai pas vue.
- Elle se trouve dans un bouquet de rose rouge, ta préférée.
- Je vérifierais après, je suis un peu occupée.
- Pardonne-moi, Flavie.
- Bonne Journée.
- Au revoir, ma belle.

Je vérifiais le bouquet et j'ai vu une carte sur laquelle était écrit « je ne voulais pas te blesser, je suis amoureux de toi ». Ça m'a énormément plu mais je souffrais beaucoup et j'arrivais plus à penser à autre chose. Sophia s'était fait opérer à la fin de la semaine, j'ai passé pratiquement tout mon temps à l'hôpital, il m'arrivait aussi d'y dormir.

Je n'avais plus le temps de penser à autre chose, je priais pour qu'elle se remette au plus vite. Au bout de quelques jours elle était descendue de l'hôpital, elle avait besoin seulement un peu de repos. Les médecins étaient surpris de la manière qu'elle récupérait si rapidement, je ne voulais pas la laisser seule et elle était venue faire sa convalescence chez moi. Il était 21h quand je suis arrivée à la maison avec la tête prête à éclater, j'ai éteint mon portable pour essayer de dormir un peu. Je me suis réveillée vers les 9h le lendemain et j'ai couru pour prendre une douche pour aller travailler, en arrivant au bureau j'ai trouvé un paquet de messages d'Ulrick. Sans pouvoir souffler Claudine me faisait signe pour décrocher le téléphone.

- Bonjour, Flavie.
- Je viens d'arriver au bureau, je ne peux pas te parler maintenant.
- Flavie, tu dois m'écouter.
- Pourquoi ? Tu m'as assez fait de mal comme ça.
- Tu ne me laissais même pas t'expliquer pourquoi j'étais parti.
- Je sais déjà pourquoi, tu étais avec elle.
- D'où est-ce que tu sors ces idioties ?
- J'aurais du le deviner en la voyant chez toi.

- Que racontes-tu ?
- Je pensais qu'avec toi ce serait différent. Grossière erreur, vous sortez tous de la même moule.
- Je t'en prie, Flavia, dinons-nous ce soir. Je te promets de tout te raconter.
- Et pourquoi j'accepterais ?
- Accorde-moi cette faveur, tu le regretteras pas.
- Je t'accorderai une heure, ce soir 21h.
- Ça me va.
- A ce soir, Ulrick.

Je ne lui ai même pas laissé le temps de dire au revoir, il a seulement entendu le son du téléphone qui s'est raccroché. Je ne suis pas fière de moi en agissant de la sorte, mais je me sentais trahie. Je cherchais toujours à comprendre pourquoi il était à San Pedro mais plus tôt serait le mieux, je devais terminer cette histoire pour de vrai. J'ai quitté le bureau de très bonne heure, en arrivant à la maison j'ai trouvé un petit paquet au-dessous de la porte. C'était de la part d'Ulrick, un magnifique bracelet orné de perle en diamant, je n'avais jamais vu un bijou aussi extraordinaire que celui-ci. J'ai tout de suite pensé qu'il croyait qu'en m'offrant un cadeau aussi précieux je lui pardonnerai, mais il ne me connaissait pas vraiment. Je prenais le temps pour me faire belle et je me suis habillée pour l'occasion. Je portais une jupe peu extravagante de couleur saumon, un blouson marron, j'enroulais mes cheveux tel un chignon et je portais des talons aigus. A mon arrivée, je l'ai vu s'asseoir à notre table habituelle et on dirait que le resto avait changé. Je ne reconnais pas les visages mais je ressentais au fond de moi qu'il y avait quelque chose, c'était trop silencieux.

- Bonsoir, Ulrick.
- Tu es splendide, Flavie. Assieds-toi, je t'en conjure.
- Je n'ai pas beaucoup de temps. Sois bref, s'il te plait.
- Ne précipitons pas les choses. Je te dois une explication et je vais- te la donner.
- Ça n'a plus d'importance.
- A mes yeux il y en a.
- Tu retournes vivre avec ta femme, mes félicitations mais je l'ai vu venir.
- Non, Flavie, tu es à côté de la plaque.
- Que vas-tu inventer pour me convaincre ? J'en ai plus qu'assez d'offrir mon cœur à des types dans ton genre. Alors excuses-moi si j'ai décidé de ne plus me laisser faire.
- Tu as raison d'être en colère. Je me suis rendu à San Pedro juste pour ça.

Il m'a tendu une petite boite.

- Qu'est-ce que c'est ?
- Ouvre-la. Tu te souviens de notre déjeuner chez toi ?
- Le matin où tu m'as baratiné, comment l'oublier.

Je le répondis tout en prenant la boite et ce que j'ai vu à l'intérieur m'a cousu la bouche.

- Tu m'avais parlé de ton voyage à San Pedro, d'un jeune homme qui t'a bousculé et à ce moment t'avais perdu quelque chose.
- Mais, c'est mon foulard. Où l'as-tu trouvé ?
- Ce jeune homme c'était moi. Je venais d'être transféré à Alvarez compañia comme directeur de

vente et de marketing. Je ne savais pas qui tu étais mais ce jour-là je ressentais une forte vibration, je t'ai cherché partout mais je ne connaissais même pas ton nom.

- C'est impossible !
- Je l'ai su au moment où tu m'as raconté l'histoire du foulard et je voulais te faire la surprise. Tu es l'unique femme dans mon cœur, Flavie.

Tout était devenu flou, je croyais que le toit du resto allait me tomber dessus et la seule idée que j'ai eu était de m'enfuir, m'enfuir loin de lui et loin de tous. J'avais douté de lui, je ne l'avais même pas laissé la chance de s'expliquer. Je lui ai dit des horreurs, je le comparais avec James pendant que lui tout ce qu'il voulait, était de me voir heureuse. Des larmes glissaient sur mes joues, j'avais honte de le regarder dans les yeux et je me suis levée de la table en courant. En arrivant au milieu de la salle, Julie et Sophia m'ont barré la route.

- Où est-ce que tu comptes te sauver comme ça, ma chère amie ?

Dit Sophia.

- Je vous en supplie, laissez-moi passer.
- Pour aller où, Flavia ? Tu comptes t'enfuir de l'homme que tu aimes ?

Répond Julie avec colère.

- Tu ne fais que refouler tes sentiments en ruminant les blessures de ton passé.

Poursuit-elle.

- J'ai appris à ouvrir mon cœur d'une façon que je ne

79

savais pas qu'il était possible et j'ai tout gâché.

- Cet homme t'aime, ma fille, il te comprendra.

C'était la voix de ma tante Elise. Elle aussi s'était laissé convaincre par Ulrick et je l'ai entendu s'approcher. En me retournant, les yeux noués de larmes, il me prenait la main en me disant qu'il donnerait sa vie pour moi et il était incapable de me faire du mal. Puis il s'est agenouillé.

- Flavia Laforest, veux-tu rester à mes côtés pour te regarder toute ma vie ?
- Je te demande pardon mon cœur, je n'ai pas su reconnaitre ta fidélité ?
- Tu m'as rien fait.
- Mais j'aurais dû te regarder avec les yeux du cœur ?
- Tu as beaucoup souffert, c'est normal que tu te méfies.
- Pardonne-moi, mon amour.
- Tout ce que tu veux, ma chérie, mais s'il te plait relève-moi.
- Si tu savais combien je t'aime, Ricky.
- Tu en es sûre, mon amour, tu ne vas pas changer d'avis demain ?
- Mais pourquoi ferais-je une telle chose si j'ai déjà trouvé mon autre moitié.
- Je veux juste être sûr.
- Tu peux me faire confiance, ce que je veux c'est vieillir à tes cotés.

Achevé d'imprimer en août 2018
Pour le compte de Z4 Editions

www.ingramcontent.com/pod-product-compliance
Lightning Source LLC
Chambersburg PA
CBHW030151200626
46812CB00016B/1788